AF370921

NOUVELLE ÉDITION

D'UN POËME

SUR LA JOURNÉE DE GUINEGATE.

IMPRIMERIE DE H. FOURNIER, RUE DE SEINE, N° 14.

On trouvera chez M. A. Dupont, quai des Augustins, Nº 37, la Vie du brave Crillon avec des notes qui donneront de nouveaux détails sur la journée de Guinegate, et les deux poëmes dont il est ici question.

NOUVELLE ÉDITION

D'UN POËME

SUR LA JOURNÉE DE GUINEGATE.

Eɴ 1513 , l'Europe entière se coalisa contre la France ; Henri VIII, roi d'Angleterre , fit une descente à Calais ; l'empereur Maximilien se joignit à lui , et leurs troupes réunies firent le siège de Térouenne , place alors bien fortifiée, en Artois , sur les frontières de la Picardie. Elle était située sur la Lis , un peu au-dessus de la ville d'Aire. On en voit aujourd'hui les ruines dans le département du Pas-de-Calais , arrondissement de Saint-Omer.

Les vivres et les munitions y manquaient : Louis XII en envoya, et donna l'ordre à ceux qui escortaient le convoi de ne point combattre et de regagner leur camp , même au galop si cela était nécessaire. Cet ordre fut exécuté avec un peu trop d'exactitude. Il sembla qu'une terreur panique eût saisi la gendarmerie française poursuivie par les Anglais et les Bourguignons. Plusieurs de nos officiers , mécontens de cette précipitation, voulurent rallier leurs gendarmes , et, n'ayant pu y réussir, furent faits prisonniers. Le chevalier Bayard lui-même rendit son épée ; mais ce ne fut qu'après avoir forcé le gentilhomme anglais auquel il la rendit de lui donner la sienne. Il faut lire toute cette histoire dans les Mémoires de son loyal serviteur, qui la raconte de la manière la plus intéressante, et qui fait voir clairement qu'il n'y eut en cette occasion ni une bataille , ni même un véritable combat.

Le pape Léon X venait d'être élu. Il avait été l'un des principaux instigateurs de cette guerre, et crut devoir en faire célébrer l'heureux résultat. Pierre Bembo et Jacques Sadolet, ses deux secrétaires, n'écrivaient qu'en latin. Mais il s'était attaché un jeune littérateur, Pierre l'Arétin [1], qui n'avait alors que vingt et un ans, et qui, encouragé par le succès du Dante et de Pétrarque, n'écrivait qu'en italien. Dès sa première enfance [2], l'Arétin avait commencé à faire des vers en cette langue. Ce fut lui que Léon X chargea de célébrer la prétendue déroute des Français. Les octaves rimées dans lesquelles il s'efforça d'imiter le Dante, qui était alors le meilleur modèle qu'il pût choisir, furent si promtement improvisées et publiées, qu'il n'y avait que les encouragemens et les secours du gouvernement qui eussent le pouvoir de produire un tel effet. L'auteur y dit lui-même [3] que Térouenne fut prise le 18 août, qu'on en reçut la nouvelle à Rome le 8 septembre, et que le poëme fut imprimé quatre jours après, le 12 septembre 1513. C'est ce qui ne surprendra point ceux qui sauront que l'Arétin, dans une lettre écrite à un de ses amis en 1537 [4], se vantait d'avoir fait dans sa jeunesse quarante stances tous les matins [5]. Si cette assertion n'est pas trop exagérée, le poëme sur la journée de Guinegâte, qui n'a que quatre-vingt-quatorze stances, peut avoir été fait en trois jours, ce qui ne ferait pas trente-deux stances par jour. On sent ce que pouvait être un pareil ouvrage, où l'auteur dit [6] que l'empereur Maximilien et Henri VIII, après avoir pris Térouenne et toute la France, iront conquérir la Turquie.

[1] *La Vita di Pietro Aretino, dal conte Mazzuchelli.* Brescia, 1763. p. 16.

[2] *Id.* p. 11.

[3] p. 31 de l'édition anglaise.

[4] Volume 1 de ses lettres, p. 99.

[5] *La Vita di Pietro Aretino,* p. 225.

[6] p. 6 de l'édition anglaise.

Primà voglion' prender Teroana
E Francia tutta : poi con forte armata
Gir contrà il Turco, e far la cruciata.

L'Arétin ne s'en tint pas à ce poëme; il en composa un autre sur la
bataille de Floddon-Field, gagnée par les Anglais sur les Écossais la même
année; il en promettait un troisième sur la prise de Tournai qui eut
lieu le 21 septembre [1], et conséquemment à l'entrée de l'automne. Mais
on ne retrouve pas cette dernière composition. Les autres viennent d'être
réimprimées à Londres, et ne méritaient guère cet honneur. Le noble et
savant éditeur n'a pas connu l'auteur qu'il croit un improvisateur ordinaire,
et à en juger par l'extrême médiocrité des vers, on ne doit pas être surpris
qu'il ait eu cette opinion. Mais en y réfléchissant, il reconnaîtra facile-
ment qu'il est douteux que l'on improvisât à cette époque en italien : cette
langue, n'ayant point encore alors été ennoblie par les poëmes du Tasse et
de l'Arioste, paraissait trop populaire aux poètes. Brandolini, Moroni et
Querno, les plus célèbres improvisateurs de la Cour de Léon X [2], n'ont
composé qu'en latin. Il en est de même de Gazoldo, cité comme étant
aussi à Rome à la même époque [3]. Baraballo n'était qu'un bouffon [4]. Bri-
tonio se fait aussi honneur d'exciter le rire [5], et ne se serait pas chargé
d'un travail aussi sérieux. Il a écrit quelques vers italiens; mais il n'était
pas assez jeune pour avoir oublié les conquêtes de Charles VIII, qui
avaient étonné l'Italie dix-neuf ans auparavant, et pour ne pas craindre
le ressentiment des Français. L'Arétin était au contraire trop jeune et

---

[1] Histoire de la ville de Tournai. La Haye, 1750. I, 304. On y trouvera de grands détails sur cet
événement.

[2] Vie et pontificat de Léon X, par Roscoe, trad. par Henry. Paris, 1813. III, 360.

[3] *Id.* p. 368.

[4] *Id.* p. 370.

[5] *Id.* p. 368.

naturellement trop hardi pour concevoir de pareilles craintes; il s'est contenté de cacher son nom. Mais les détails militaires et la multiplicité des noms propres font voir que son impromptu, quoique rapide, a été assez travaillé, et n'est pas l'ouvrage d'un improvisateur de profession. Ce qui surtout le fait reconnaître aisément, c'est que lui-même convient d'avoir été récompensé par Léon X, qui le paya *in real somma* [1], c'est-à-dire qu'il lui fit compter une somme effective, vraisemblablement de la part du roi. L'Arétin lui-même, qui nous apprend la récompense, se garde bien d'en expliquer le motif [2]. Dans la suite, il adressa directement ses éloges à Henri VIII, le qualifiant de divinité, souverain arbitre de la paix et de la guerre, au temporel comme au spirituel, quoique ce prince eût alors abandonné la communion de l'église romaine [3]; mais Henri avait donné trois cents écus à l'Arétin en 1542 [4], pour une épître dédicatoire, dit l'auteur de sa vie qui ne paraît pas avoir connu ces deux poëmes de 1513, poëmes qui seuls pouvaient donner un si haut prix à une dédicace. Ces deux ouvrages furent publiés sans nom d'auteur; le second ne portait pas même le nom de l'imprimeur. Sans doute Léon X en avait recueilli tous les exemplaires; mais dès l'année suivante s'étant réconcilié avec Louis XII, et devenu bientôt après l'ami de son successeur François Ier, il les supprima. C'est ce qui les a rendus tellement rares, qu'ils ont paru dignes d'être réimprimés, par cette seule raison. Ils ont si peu de mérite en eux-mêmes, que l'Arétin avait trop de vanité pour daigner s'en déclarer l'auteur. Le poëme de Jérôme Maggi qu'il publia en 1551, à Venise, parce qu'il y est qualifié [5],

---

[1] *La Vita di Pietro Aretino.* p. 19.

[2] Voyez ses lettres, vol. III, *fogl.* 86.

[3] *La Vita di Pietro Aretino.* p. 208.

[4] *Id.* p. 77.

[5] *Cinque primi canti della guerra di Fiandra.* p. 16.

L'huòm tre volte chiarissimo e divino ,
Il famoso, immortal Pietro Aretino ,

est infiniment mieux écrit. Il est cependant du même genre, en ce qu'il avait pour objet les guerres de Flandre ; les cinq premiers chants, les seuls qu'ait publiés l'Arétin , parlent seulement de la prise d'une ville du duché de Juliers , en 1543 , par l'empereur Charles-Quint. Le nom de cette ville est Duren que Maggi appelle Dura.

Ce n'est donc pas pour honorer la mémoire de l'Arétin qu'on lui attribue les deux poëmes qui viennent d'être mis au jour pour la seconde fois [1]. Mais il n'avait que vingt et un ans , et l'on sait ce que sont les ouvrages de commande. Ce ne fut que onze ans après , en 1524 , que lui-même fit paraître les trois premiers écrits en vers dont son historien fait mention [2], et ce sont aussi des octaves , mais dont le stile est un peu plus élevé.

L'éditeur anglais a donné du prix à son édition en y joignant des notes intéressantes et trois pièces officielles très-curieuses, savoir, une lettre d'un ami des Anglais au cardinal Bambridge , archevêque d'York , ambassadeur de Henri VIII à Rome ; une lettre de Jacques IV, roi d'Écosse , à Henri VIII , et la réponse de celui-ci. Rapin Thoiras fait mention des deux dernières [3]. La première est la seule qui renferme quelques lignes sur la journée de Guinegâte. Elle est datée du 7 des calendes de novembre, c'est-à-dire du 26 octobre 1513. Elle est conséquemment postérieure d'un mois à la publication du poëme ; mais il paraît que c'est aussi le pape Léon X qui l'a fait écrire par un inconnu.

A ces écrits obscurs et anonimes , j'opposerai ici le récit du secrétaire de Bayard , connu sous le nom du loyal Serviteur : ses mémoires parurent

[1] Londres , 1825. in-4° , par M. le comte Spencer.
[2] *La Vita di Pietro Aretino.* p. 273.
[3] Voyez l'abrégé de son histoire. La Haye , 1730. V. 80.

en 1527 [1], sous le titre de : « La très-jouyeuse et plaisante histoire, com-
« posée par le loyal Serviteur, des faits, gestes et prouesses du bon cheva-
« lier, sans peur et sans reproche, le seigneur Bayard, et plusieurs his-
« toires advenues depuis l'an 1489 jusqu'en 1524. » Brantôme le cite sous
le nom du roman de Bayard [2]. « Tout vieux roman qu'il est, » dit cet historien, « il ne parle point mal, mais en aussi bons termes et mots qu'il est
« possible. Il y en a deux ; mais le plus grand est le plus beau. » Le plus
petit est celui qu'a publié Simphorien Champier, dont je parlerai bientôt.

En 1616, Théodore Godefroy en donna une seconde édition in-4°, avec
des remarques et des annotations. Pacard, qui l'avait imprimée, en publia
une troisième du même format, en 1619.

Cette même année 1619, un supplément aux mémoires de Bayard, par
le président Expilly, fut imprimé avec les poésies de ce magistrat, à
Grenoble, chez Verdier.

Un nouvel éditeur, le président de Boissieu, descendant de la maison
du Terrail, par les femmes, se cacha sous le nom de Videl, secrétaire
du connétable de Lesdiguières, et publia une nouvelle édition à Grenoble,
chez Nicolas, en 1650, in-8° de 605 pages. Elle contient, outre le texte,
les annotations de Godefroy, le supplément aux mémoires de Bayard, par
le président Expilly, et un certain nombre de notes du président de
Boissieu.

Cette édition n'est pas in-4°, et n'a pas été imprimée en 1651, comme
on le lit dans la Bibliothèque historique du père Lelong [3], dont la faute

---

[1] A Paris, chez Galiot Dupré, in 4° en lettres gothiques : voyez le Manuel du libraire. Paris,
1820. II, 186.

[2] Mémoires touchant les duels. p. 246. Il le cite aussi dans ses Vies des capitaines illustres, et à
l'article de M. de La Palice., I, 85 de l'édition de Londres, 1539.

[3] Tome III, p. 171.

(si c'en est une) a été répétée par M. Brunet [1]. Au surplus elle est fort rare. C'est celle qu'a suivie l'éditeur de la première collection universelle des Mémoires particuliers relatifs à l'histoire de France, publiée en 1786, qui l'a réimprimée.

La seconde collection que vient de donner M. Petitot renferme aussi ces mémoires.

Le nom de Bayard était trop célèbre pour ne pas inspirer à plus d'un écrivain le désir de lui consacrer sa plume. Le médecin Simphorien Champier, qui se prétendait allié par sa femme [2], de la maison du Terrail, publia [3] une vie de Bayard, à Lyon, sous ce titre : «Les gestes, ensemble «la vie du preux chevalier Bayard : avec sa généalogie : comparaisons «aux anciens preulx chevaliers : gentils : ysraélitiques : et chrétiens. «Ensemble oraisons : lamentations : épitaphes dudit chevalier Bayard. «Contenant plusieurs victoyres des roys de France Charles VIII, Loys XII, «et Françoys premier de ce nom. » On lit à la fin : «Cy finist les faicts et «gestes du noble chevalier Bayard, lieutenant du Dauphiné. Imprimé à «Lyon sur le Rosne, par Gilbert de Viliers, l'an de grace m. ccccc. xxv, le «xxiv de novembre» ; in-4°. L'exemplaire que j'ai sous les yeux contient encore quatre feuillets en latin, sous ce titre : *Compendiosa illustrissimi Bayardi vita : unà cum panegyricis epitaphiis : ac nonnullis aliis.* Il y a des vers et de la prose, où Simphorien Champier est appelé *Symphorianus Campegius.*

Le même ouvrage fut publié la même année dans la capitale, sous ce titre : Vie du capitaine Bayard, gentilhomme du Dauphiné, par Symphorien Champier, médecin. Paris, Bonfons, 1525, in-4°.

[1] Manuel du libraire. II, 186.

[2] Marguerite du Terrail. Voyez sur Simphorien Champier l'histoire littéraire de la ville de Lyon, par le P. de Colonia. Lyon, 1730. II, 478 et 798.

[3] Collection universelle des mémoires relatifs à l'histoire de France. XIV, 315.

L'avocat Aymar écrivit aussi l'histoire de ce capitaine, qu'il intitula : Histoire du chevalier Bayard, par N. Aymar, avocat. Lyon, 1699, in-12.

Ces deux histoires, mêlées d'aventures romanesques, ne renferment qu'une partie des actions du héros dont nous parlons.

Deux écrivains du dix-huitième siècle nous ont aussi donné la vie de Bayard. Le premier est Lazare Bocquillot, chanoine d'Avalon, qui s'est caché sous le nom de prieur de Lonval, dénomination qui lui était étrangère [1]; son ouvrage porte ce titre : Nouvelle histoire du chevalier Bayard, par le prieur de Lonval. Paris, Robustel, 1702, in-12. Niceron l'accuse de quelques exagérations; mais ce biographe s'appuie toujours sur le récit du loyal Serviteur, et fait usage des observations publiées par Expilly et Boissieu.

L'autre est Guyard de Berville dans son histoire de Pierre du Terrail, etc. Paris, 1760, in-12 [2], réimprimé sous ce titre : Histoire de Pierre du Terrail, dit le chevalier sans peur et sans reproche, par M. Guyard de Berville; nouvelle édition. A Lyon, chez Yvernault et Cabin, libraires, 1809. in-12.

Ces deux écrivains ont voulu remettre en nouveau langage le texte du loyal Serviteur. Le dernier, à l'exemple de Bocquillot, a profité quelquefois du travail des éditeurs qui l'avaient précédé. Je ne prononcerai pas sur le mérite de ces deux ouvrages. Je me bornerai à une seule observation commune à l'un et à l'autre. Nos bibliothèques renferment un certain nombre [3] d'ouvrages anciens qui, malgré les défauts d'un stile suranné, de constructions vicieuses et d'expressions proscrites par l'usage, ont un charme que tous les efforts du bon goût moderne ne peuvent remplacer [4].

[1] Mémoires pour servir à l'histoire des hommes illustres, par Niceron. VIII, 407.
[2] Collection universelle des mémoires relatifs à l'histoire de France. XIV, 315.
[3] *Id.* p. 316.
[4] *Id.* p. 317.

C'est ce qui vient d'engager M. de Barante, dans l'histoire intéressante qu'il nous donne des ducs de Bourgogne [1], d'adopter cet ancien stile dans le corps de son ouvrage, où il produit un bon effet.

C'est sur-tout dans les mémoires de Bayard que l'on en remarque l'avantage. Le loyal serviteur, toujours gai, toujours plaisant, toujours égal, s'est tellement pénétré de l'esprit de son maître, il a si naturellement rendu cette naïveté originale qui le caractérisait, qu'à chaque page le lecteur voit Bayard, l'entend et converse avec lui. Quant à leur mérite particulier, il est suffisamment constaté par la réputation dont ils jouissent.

« Je veux », disait à son fils un de nos anciens moralistes français [2], « que « la Vie de Bayard soit la première histoire que tu lises et la première que « tu me racontes. Il ne se peut faire de copie qui ne soit bonne sur un si « merveilleux original. Si tu ne peux arriver à sa valeur, qui est hors « d'exemple, sois fidèle à ton prince et débonnaire comme lui [3]. »

« L'ame du héros », dit un auteur plus moderne [4], « respire tout entière « dans ce tableau qu'a tracé une main fidèle. Ce livre, où la vertu est si « naïve et si aimable, ce livre qui est aussi un bienfait pour l'humanité, « est le bréviaire du guerrier, du citoyen, de l'homme. » C'est ce que l'on pourra reconnaître dans le fragment que j'en vais donner.

L'école de Mars, dans ce berceau de l'honneur, dans cette école du courage et du talent, où le jeune guerrier s'exerce aux combats et s'anime à la gloire, fait de ce livre utile les délices de son enfance, et la règle de

[1] Paris, 1824. Seconde édition.

[2] Extrait du Testament, ou Conseils fidèles d'un bon père à ses enfants; par P. Fortin, sieur de La Hoguette.

[3] Collection des mémoires relatifs à l'histoire de France. XIV, 317.

[4] Mélanges académiques; par Gaillard. Paris, 1806. I, 268.

sa vie entière. Le vieux soldat le relit en pleurant dans cet asile sacré, port tranquille des héros blessés , que Louis XIV et Louvois n'auraient point eu la gloire de leur ouvrir, si Bayard eût été roi ou ministre : partout le sage nourrit son cœur de ce livre édifiant , et s'y pénètre du plaisir de faire le bien ; l'homme juste et tendre vit avec Bayard , et devient meilleur encore.

«Français , » s'écrie l'auteur que je viens de citer [1], « tous vos devoirs « sont écrits dans son histoire : Bayard vous contemple des demeures « éternelles. Malheur à vous si vous contristez ses regards , et si son exemple « est perdu pour vous ! »

Il nous a aussi été rappelé tout récemment par le fils d'un écrivain distingué , qui a succédé aux talens de son père. M. Dureau de la Malle vient de publier [2] un poëme en douze chants sur Bayard ; et je le citerais ici avec plaisir si les lois sévères de l'histoire ne m'obligeaient à écarter toutes les fictions. C'est donc le loyal Serviteur qui va parler.

[1] Mélanges académiques , par Gaillard. Paris , 1806, I. 269. Son éloge de Bayard mérite d'être lu en entier.

[2] Paris , 1824. 2 vol. in-12.

CHAPITRE LVII.

Comment le roy d'Angleterre descendit en France, et comment il meit le siège devant Therouenne. D'une bataille dicte la journée des Esperons, ou le bon chevalier feit merveilles d'armes, et gros service en France [1].

...... Feut adverty le roy de France, comment Henry, roy d'Angleterre, allié de l'empereur Maximilian, estoit descendu à Calais, avec grosse puissance, pour entrer en son pays de Picardie, auquel pour y résister, envoya incontinent grosse puissance, et feit son lieutenant général le seigneur de Piennes [2], gouverneur audict pays.

Les Anglois entrez qu'ils feurent en la campaigne, de pleine arrivée, allèrent planter le siège devant la ville de Therouenne, qui estoit bonne et forte, où pour icelle garder estoient commis deux très hardis et gaillards gentilshommes : l'un, le seigneur de Téligny [3], seneschal de Rouergue, capitaine saige, et asseuré ; et un autre du pays mesme, appellé le seigneur de Pontdormy [4], avec

[1] Collection des mémoires particuliers relatifs à l'histoire de France. Paris, 1786. XV, 339 et suivantes.

[2] Louis de Halwin, seigneur de Piennes, de qui descendent les seigneurs de Piennes de Mégnelai.

[3] Dont le fils épousa Louise de Coligni, fille de l'amiral, et dont la fille Marguerite fut mariée à François, seigneur de La Noue.

[4] Antoine de Créqui, seigneur de Canaples, dont l'aïeul Jean de Créqui avait été créé chevalier de la Toison d'Or, par le duc de Bourgogne, Philippe-le-Bon.

leurs compaignées, quelques adventuriers françois avec aucuns lansquenets, soubs la charge du capitaine Brandec; ils estoient tous gens de guerre, et pour bien garder la ville longuement, s'ils eussent eu vivres : mais ordinairement en France ne se font pas volontiers les provisions de saison, ni de raison. Le siège assis par les Anglois devant ladicte ville de Theroüenne, commencèrent à la canonner; encores n'y estoit pas la personne du roy d'Angleterre : ains pour ses lieutenans y estoient le duc de Suffolc, messire Charles Brandon, et le capitaine Talbot. Mais peu de jours après il arriva, qui ne feut pas sans avoir une grosse frayeur entre Calais, et son siège de Theroüenne, auprès d'un village dit Tournehan; car bien cuida là estre combatu par les François, qui estoient au nombre de douze cent hommes d'armes, tous bien délibérez, mais avec eulx n'avoient pour l'heure nuls de leurs gens de pied, qui leur feut gros malheur; et luy par le contraire n'avoit nuls gens de cheval, mais environ douze mille hommes de pied, duquel nombre estoient quatre mille lansquenets. Si s'approchèrent les deux armées, à une portée de canon l'une de l'autre. Quoy voyant par le roy d'Angleterre, eut peur d'estre trahy: si descendit à pied, et se mit au milieu des lansquenets. Les François vouloient donner dedans; et mesmement le bon chevalier, qui dit au seigneur de Piennes plusieurs fois : « Monseigneur, « chargeons-les; il ne nous en peut advenir dommaige, sinon bien « peu; car si à la première charge les ouvrons, ils sont rompus; « s'ils nous repoussent, nous nous retirerons toujours; ils sont à « pied, et nous à cheval. »

Quasi tous les François feurent de ceste opinion ; mais le dict seigneur de Piennes disoit : « Messeigneurs, j'ay charge sur ma vie « du roy nostre maistre, de ne rien hazarder, mais seulement « garder son pays. Faictes ce qu'il vous plaira : mais de ma part je « ne m'y consentiray point. »

Ainsi demeura ceste chose, et passa le roy d'Angleterre et sa bende, au nez des François.

Le bon chevalier, qui envis [1] eut laissé départir la chose en ceste sorte, va donner sur la queüe avec sa compaignée, et les feit serrer si bien, qu'il leur conveint abandonner une pièce d'artillerie, dicte sainct Jean ; et en avoit le roy d'Angleterre encores onze autres de ceste façon, et les appeloit ses douze apostres. Ceste pièce feut gaignée et amenée au camp des François.

Quand le roy d'Angleterre feut arrivé au siège de Theroüenne avec ses gens, ne fault pas demander s'il y eut joye démenée ; car il estoit gaillard prince, et assez libéral.

Trois ou quatre jours après, arriva l'empereur Maximilian, avec quelque nombre de Hennuyers, et Bourguignons ; si se feirent les princes grand chère l'un à l'autre.

Après ce, feurent faictes les approches devant la ville. et icelle canonnée furieusement. Ceulx de dedans respondoient de mesme, et faisoient leurs ramparts au mieulx qu'ils pouvoient : mais sans doute ils avoient nécessité de vivres.

Le roy de France estoit venu jusques à Amiens, et mandoit tous les jours à son lieutenant général, le seigneur de Piennes, que à

[1] A regret.

quelque péril que ce feust, on advitaillast Theroüenne. Cela ne
se pouvoit faire sans grand hazard ; car elle estoit toute enclose
d'ennemis. Toutesfois pour complaire au maistre, feut conclud
qu'on iroit avec toute la gendarmerie dresser une alarme au camp ;
et cependant que quelques-uns ordonnez à porter des lards, pour
mectre dedans la ville, les iroient jecter dedans les fossez, et que
après, ceulx de la garnison les retireroient assez. Si feut prins le
jour d'exécuter ceste entreprinse, dont le roy d'Angleterre et l'Empereur feurent advertis, comme pouvez entendre, par quelques
espies, dont assez s'en trouve parmy les armées : et y en avoit alors
de doubles qui feignoient estre bons François, et ils estoient du
contraire party.

Le jour ainsi ordonné d'aller advitailler la ville de Theroüenne,
montèrent les capitaines du roy de France à cheval, avec leurs
gens d'armes. Dès le poinct du jour, le roy d'Angleterre qui sçavoit
ceste entreprinse, avoit faict mectre au hault d'un tertre dix ou
douze mille archers anglois, et quatre ou cinq mille lansquenets,
avec huict ou dix pièces d'artillerie, afin que quand les François
seroient passez oultre, ils descendissent, et leur coupassent chemin : et par le devant avoit ordonné tous les gens de cheval, tant
Anglois, Bourguignons, que Hennuyers, pour les assaillir. Il fault
entendre une chose, que peu de gens ont sceu, et qui ont donné
blasme de ceste journée aux gentils-hommes de France, à grand
tort. C'est que tous les capitaines françois déclarèrent à leurs gens
d'armes que ceste course qu'ils faisoient estoit seulement pour ra-
fraischir ceulx de Theroüenne, et qu'ils ne vouloient aulcunement

combattre : de sorte que s'ils rencontroient les ennemis en grosse trouppe, ils vouloient qu'ils retournassent au pas; et s'ils estoient pressez, du pas au trot, et du trot au galop; car ils ne vouloient rien hazarder.

Or commencèrent à marcher les François, et approchèrent la ville de Theroüenne, d'une lieue près, et plus, où commencea l'escarmouche forte et rude, et très bien feit son debvoir la gend'armerie françoise, jusques à ce qu'ils vont voir sur ce costau, cette grosse trouppe de gens de pied en deux bendes, qui estoient marchées plus avant qu'ils n'estoient, et vouloient descendre pour les enclore: quoy voyant, feut la retraite sonnée par les trompettes des François. Les gensd'armes qui avoient leur leçon de leurs capitaines, se meirent le grand pas au retour. Ils feurent pressez, et allèrent le trot, et puis au grand galop, tellement que les premiers se veindrent jecter sur le seigneur de la Palisse, qui estoit en la bataille avec le duc de Longüeville, en si grande fureur, qu'ils meirent tout en désordre: les chassans, qui très bien poursuivoient leur poincte, voyans si pauvre conduite, poussèrent toujours oultre, tellement qu'ils feirent du tout tourner le dos aux François. Le seigneur de la Palisse et plusieurs autres y feirent plus que leur debvoir, et crioient à haulte voix : « Tourne, homme « d'armes, tourne, ce n'est rien. » Mais ce ne servoit de rien; ains chacun taschoit de venir gaigner leur camp, où estoit demeurée l'artillerie, et les gens de pied. En ce grand désordre feut prins prisonnier le duc de Longueville, et plusieurs autres; comme le seigneur de la Palisse : mais il échappa des mains de ceux qui l'avoient prins.

Le bon chevalier sans peur, et sans reproche, se retiroit à grand regret, et tousjours tournoit sur ses ennemis menu, et souvent, avec quatorze ou quinze hommes d'armes, qui estoient demeurez auprès de luy. Si veint en se retirant à trouver un petit pont, où il ne pouvoit passer que deux hommes à cheval de front [1], et y avoit un gros fossé plein d'eaue, qui venoit de plus de demie lieue loin, et alloit à bien demy quart de lieue plus bas faire moudre un moulin. Quand il feut sur ce pont, il dit à ceulx qui estoient avec luy : « Messeigneurs, arrestons-nous icy; car d'une heure les en- « nemis ne gagneront ce pont sur nous ». et puis appella un de ses archers auquel il dit : « Allez vistement à nostre camp, et dictes à « monseigneur de la Palisse que j'ay arresté les ennemis sur le cul, « pour le moings d'icy à demie heure, et que cependant il face « chascun mectre en bataille, et qu'on ne s'espouvente point, ains « qu'il me semble qu'il doict tout bellement marcher en çà : car si « les gens ainsi desvoyez poussoient jusques-là, ils se trouveroient « deffaicts. »

L'archer va droict au camp, et laissa le bon chevalier avec si peu de gens qu'il avoit, gardant ce petit pont, où il feit d'armes le possible. Les Bourguignons et Hennuyers y veindrent : mais là conveint-il combattre; car bonnement ne pouvoient passer à leur

---

[1] Cet événement eut lieu à Enquinegatte, paroisse située à un quart de lieue d'Enquin, autre paroisse placée sur un ruisseau où il y a plusieurs moulins, à deux lieues au sud-ouest d'Aire, et trois au sud de Saint-Omer. Ces deux paroisses sont en Artois. (Voyez le Dictionnaire de la France, par Expilly. II, 740) C'est par corruption que Garnier, dans son Histoire de France (XI, 507) où il décrit très-impartialement ce qu'il nomme la déroute de Guinegaste, écrit ce nom comme plusieurs anciens historiens. L'Arétin (p. 10.) écrit *Gingatto*. L'affaire eut lieu le 19 août 1513. La chaleur était extrème.

aise : et l'arrest qu'ils feirent là, donna loisir aux François, qui estoient retournez en leur camp, d'eulx mectre en ordre, et en deffense, si besoing en eust esté.

Quand les Bourguignons veirent que si peu de gens leur faisoient barbe, commencèrent à crier qu'on feit venir des archers à diligence, et aucuns d'eulx les allèrent haster. Cependant plus de deux cent chevaulx chevauchèrent le long de ce ruisseau, et allèrent trouver le moulin où ils passèrent. Ainsi feut enclos le bon chevalier des deux costez, lequel dit à ses gens : « Messeigneurs, « rendons-nous à ces gentils-hommes ; car nostre proüesse ne nous « serviroit de rien : nos chevaulx sont recreus, ils sont dix contre « un, nos gens sont à trois lieues d'icy, et si nous attendons en- « cores un peu et les archers anglois arrivent, ils nous mectront en « pièces. »

Sur ces paroles, vont arriver ces Bourguignons, et Hennuyers, crians : « Bourgongne, Bourgongne », et feirent grosse envahie sur les François, qui pour n'avoir moyen d'eulx plus se deffendre, se rendoient l'un çà, et l'autre là, aux plus apparens. et ainsi que chascun taschoit à prendre son prisonnier, le bon chevalier va adviser un gentil-homme bien en ordre, soubs de petits arbres, lequel pour la grande et extresme chaleur qu'il avoit, de façon qu'il n'en pouvoit plus, avoit osté son armet, et estoit tellement affligé et travaillé, qu'il ne se daignoit amuser aux prisonniers. Si picqua son cheval droict à luy, l'espée au poing, qu'il lui veint mectre sur la gorge, en lui disant : « Rends-toy homme d'armes, « ou tu es mort. »

Qui feut bien esbahy, ce feut le gentil-homme; car il pensoit bien que tout feust prins : toutesfois il eust peur de mourir, et il dit : « Je me rends doncques, puisque je suis prins en cette sorte: « qui estes-vous ? »

« Je suis », dit le bon chevalier, « le capitaine Bayard, qui me « rends à vous, et tenez mon espée, vous suppliant que vostre « plaisir soit m'emmener avec vous : mais une courtoisie me ferez, « si nous trouvons des Anglois en chemin qui nous voulussent tuer, « vous me la rendrez. » Ce que le gentil-homme lui promeit et lui teint; car en tirant au camp, conveint à tous deux joüer des cousteaux contre aucuns Anglois, qui vouloient tüer les prisonniers, où ils ne gaignèrent rien.

Or feut le bon chevalier mené au camp du roy d'Angleterre, en la tente de ce gentil-homme, qui lui feit très bonne chère, pour trois ou quatre jours; au cinquiesme, le bon chevalier lui dict : « Mon gentil-homme, je vouldrois bien que me voulussiez faire « mener seurement au camp du roy mon maistre; car il m'ennuye « desjà icy. »

« Comment ? » dict l'autre, « encores n'avons-nous point advisé « de vostre rançon. »

« De ma rançon, » dit le bon chevalier; « mais à moy de la vostre; « car vous estes mon prisonnier, et si depuis que j'eus vostre foy, « me suis rendu à vous, ce a esté pour me sauver la vie, et non « autrement. »

Qui feut bien estonné, ce feut le gentil-homme. car encores luy dit plus le bon chevalier; ce fut : « Mon gentil-homme, où ne me

« tiendrez promesse, je suis asseuré qu'en quelque sorte que ce
« soit j'eschapperay : mais croyez après que j'auray le combat à
« vous. »

Ce gentil-homme ne sçavoit que respondre; car il avoit assez
ouy parler du capitaine Bayard, et de combat n'en vouloit point :
toutesfois il estoit assez courtois chevalier, et en fin dit : « Monsei-
« gneur de Bayard, je ne vous veulx faire que la raison ; j'en croiray
« les capitaines. »

Il faut entendre qu'on ne sceut si bien céler le bon chevalier,
qu'il ne feust sceu parmy le camp : et sembloit advis à ouyr parler
les ennemis, qu'ils eussent gaigné une bataille. L'Empereur l'envoya querir, et feut mené à son logis, qui lui feit une grande et
merveilleuse chère, en lui disant : « Capitaine Bayard mon amy,
« j'ay très grande joye de vous veoir. Que pleust à Dieu que j'eusse
« beaucoup de tels hommes que vous : je croy que avant qu'il feust
« guères de temps, je me sçaurois bien venger des bons tours que
« le roy vostre maistre et les François m'ont faict par le passé. »

Encores luy dit-il en riant : « Il me semble, Monseigneur de
« Bayard, que autrefois avons esté à la guerre ensemble ; et m'est
« advis qu'on disoit en ce temps-là que Bayard ne fuyoit jamais. »

A quoy le bon chevalier respondit : « Sire, si j'eusse fuy, je ne
« feusse pas icy. »

En ces entrefaictes arriva le roy d'Angleterre, à qui feit con-
gnoistre le bon chevalier, qui lui feit fort bonne chère, et il lui
feit la révérence, comme à tel prince appartenoit. Si commencèrent à parler de ceste retraicte, et disoit le roy d'Angleterre que

jamais n'avoit veu gens si bien fuyr, et en si gros nombre, que
les François, qui n'estoient chasséz que de quatre à cinq cent
chevaulx : et en parloient en assez pauvre façon l'Empereur et luy.

« Sur mon ame, » dit le bon chevalier, « la gend'armerie de
« France n'en doibt aulcunement estre blasmée ; car ils avoient
« exprès commandement de leurs capitaines de ne combattre point,
« parce qu'on se doutoit bien, si veniez au combat, amèneriez
« toute vostre puissance, comme avez faict ; et nous n'avions ne
« gens de pied, ny artillerie. et jà sçavez, hauts et puissans sei-
« gneurs, que la noblesse de France est renommée par tout le
« monde ; je ne dis pas que je doibve estre du nombre. »

« Vrayment, » dit le roy d'Angleterre, « Monseigneur de Bayard,
« si tous estoient vos semblables, le siège que j'ay mis devant ceste
« ville me seroit bientost levé : mais quoy que ce soit, vous estes
« prisonnier. »

« Sire, » dit le bon chevalier, « je ne le confesse pas, et en voul-
« drois bien croire l'Empereur et vous. »

Là présent estoit le gentil-homme qui l'avoit amené, et à qui il
s'estoit rendu depuis qu'il avoit eu sa foy : si compta tout le faict,
ainsi que cy-dessus est récité, à quoy le gentil-homme ne contre-
dict en rien, ains dit : « Il est vray, ainsi que le seigneur de Bayard
« le compte. »

L'Empereur et le roy d'Angleterre se regardèrent l'un l'autre :
puis commencea à parler l'Empereur, et dit que à son opinion le
capitaine Bayard n'estoit point prisonnier, mais plutost le seroit
le gentil-homme de lui : toutesfois pour la courtoisie qu'il luy avoit

faicte, demeureroient quictes l'un envers l'autre de leur foy, et le bon chevalier s'en pourroit aller quand bon sembleroit au roy d'Angleterre, lequel dit qu'il estoit bien de son opinion, et que s'il vouloit demeurer six sepmaines sur sa foy, sans porter armes, que après luy donnoit congé de s'en retourner, et que cependant il allast veoir les villes de Flandre.

De cette gracieuseté remercia le bon chevalier très humblement l'Empereur, et le roy d'Angleterre. et puis s'en alla esbattre par le pays, jusques au jour qu'il avoit promis. Le roy d'Angleterre durant ce temps le feit praticquer[1], pour estre à son service, lui faisant présenter beaucoup de biens; mais il perdit sa peine, car son cœur estoit du tout françois.

Or faut entendre une chose, que combien que le bon chevalier n'eust pas de grands biens, homme son pareil ne s'est trouvé de son temps qui ait tenu meilleure maison que luy. et tant qu'il feut ès pays de l'Empereur, la teint opulemment aux Hennuyers et Bourguignons, et encores que le vin y soit fort cher, si ne leur failloit-il rien quand ils s'alloient coucher, et feut tel jour qu'il despendit vingt escus en vin : plusieurs eussent bien voulu qu'il n'en feust jamais party. Toutesfois il s'en retourna en France, quand il eut achevé son terme : et feut conduict et très bien accompaigné jusques à trois lieues des pays de son maistre.

[1] Le pape Jules II lui avait fait proposer la même chose à la fin de 1503, avec promesse de le nommer capitaine général de l'Église. Bayard répondit : « Qu'il n'avait qu'un maître au ciel, qui était « Dieu, et un maître sur la terre, qui était le roi de France, et qu'il n'en servirait jamais d'autre. » (VIE DE BAYARD ; par Symphorien Champier.)

Quelques jours demeurèrent l'Empereur et le roy d'Angleterre devant Theroüenne, qui en fin se rendit, par faulte de vivres, et feut la composition que les capitaines et gens de guerre sortiroient vies et bagues sauves, et que mal ne seroit faict aux habitans de la ville, ne icelle desmolie. Ce qu'on promeit aux gens de guerre, feut bien tenu : mais non pas à ceulx de la ville ; car le roy d'Angleterre feit abattre les murailles, et mectre le feu en plusieurs lieux, qui feut grosse pitié. Toutesfois depuis les François la remeirent en bon ordre, et plus forte que jamais.

OBSERVATION.

Cette guerre, dit Rapin Thoyras, qui avait été entreprise sous l'unique prétexte de la religion et de la gloire de Dieu, à la sollicitation du chef de l'Église, finit dès l'année suivante par un traité où il n'était parlé ni du Pape, ni de l'Église, ni de la Religion. Ce fut ainsi que Henri VIII récompensa Léon X de ses conseils et de ses deux poëmes, dont la suppression ne doit pas nous étonner.

www.ingramcontent.com/pod-product-compliance
Lightning Source LLC
LaVergne TN
LVHW020639180726
843502LV00006B/2129